La Gallinita

Trula

Ilustrado por Graham Percy

© Peralt Montagut
D.L. B-35077-98
Impreso en C.E.E.

U n día la Gallinita Trula estaba picoteando granos en el corral de la granja, cuando, ¡Cloc!, algo le golpeó en la cabeza.

«¡Dios mío!», dijo la Gallinita Trula, «el cielo se va a derrumbar.

Tengo que ir a decirlo al Rey».

Y se fue caminando, caminando...

hasta que encontró al Gallo Lucas.

«¿Adónde vas, Gallinita Trula?» dijo el Gallo Lucas.

«¡Oh! Voy a decir al Rey que el cielo se va a derrumbar», dijo la Gallinita Trula.

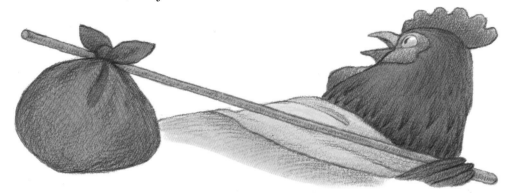

«¿Puedo acompañarte?», dijo el Gallo Lucas.
·«Por supuesto», dijo la Gallinita Trula.
Así pues la Gallinita Trula y el Gallo Lucas
fueron a decir al Rey que el cielo se iba a derrumb

Y fueron caminando, caminando…

hasta que se encontraron con el Pato
Darío. «¿Adónde vais, Gallinita
Trula y Gallo Lucas?», dijo
el Pato Darío.

«¡Oh! Vamos a decir al Rey que el cielo se
va a derrumbar», dijeron la Gallinita Trula y el
Gallo Lucas.

«¿Puedo acompañaros?» dijo el
Pato Darío.
«Por supuesto», dijeron la Gallinita
Trula y el Gallo Lucas.

Así pues, la Gallinita Trula, el Gallo Lucas y
el Pato Darío fueron a decir al Rey que el
cielo se iba a derrumbar.
Y fueron caminando, caminando...

hasta que se encontraron con la Oca Claudia.
«¿Adónde vais, Gallinita Trula, Gallo Lucas
y Pato Darío?», dijo la Oca Claudia.

«¡Oh! Vamos a decir al Rey que el cielo se
va a derrumbar», dijeron la Gallinita Trula,
el Gallo Lucas y el Pato Darío.

«¿Puedo acompañaros?», dijo la Oca Claudia.
«Por supuesto», dijeron la Gallinita Trula,
el Gallo Lucas y el Pato Darío.

Así pues la Gallinita Trula, el Gallo Lucas, el
Pato Darío y la Oca Claudia fueron a decir al
Rey que el cielo se iba a derrumbar.

11

Y fueron caminando, caminando...

caminando, caminando…

hasta que se encontraron con el Pavo Don Gustavo. «¿Adónde vais, Gallinita Trula, Gallo Lucas, Pato Darío y Oca Claudia?», dijo el Pavo Don Gustavo.

«¡Oh! Vamos a decir al Rey que el cielo se va a derrumbar», dijeron la Gallinita Trula, el Gallo Lucas, el Pato Darío y la Oca Claudia.
«¿Puedo acompañaros?», dijo el Pavo Don Gustavo.
«Por supuesto», dijeron la Gallinita Trula, el Gallo Lucas, el Pato Darío y la Oca Claudia.

Así pues la Gallinita Trula, el Gallo Lucas, el Pato Darío, la Oca Claudia y el Pavo Don Gustavo fueron todos a decir al Rey que el cielo se iba a derrumbar.

Y fueron caminando, caminando...

caminando, caminando...

y siguieron caminando, caminando...

hasta que se encontraron
con la Zorra Mili; y la
Zorra Mili dijo a la
Gallinita Trula, al Gallo
Lucas, al Pato Darío,
a la Oca Claudia y al
Pavo Don Gustavo:
«¿Adónde vais, Gallinita
Trula, Gallo Lucas,
Pato Darío, Oca Claudia
y Pavo Don Gustavo?».

Y la Gallinita Trula, el Gallo Lucas, el Pato
Darío, la Oca Claudia y el Pavo Don Gustavo dijeron
a la Zorra Mili: «Vamos a decir al Rey que el cielo
se va a derrumbar». «¡Oh! Pero éste no es el camino
al palacio del Rey», dijo la Zorra Mili.

Yo conozco el camino más corto;
os lo puedo enseñar?».
Oh, por supuesto, Zorra Mili»,
ijeron la Gallinita Trula, el Gallo
ucas, el Pato Darío, la Oca
laudia y el
avo Don Gustavo.

Así pues la Gallinita Trula,

el Gallo Lucas,

el Pato Darío,

la Oca Claudia,

el Pavo Don Gustavo

y la Zorra Mili

fueron todos juntos a decir al Rey
que el cielo se iba a derrumbar.

Fueron caminando, caminando, hasta
llegar a un agujero estrecho y oscuro:

Era la puerta de la cueva de la Zorra Mili.
Entonces la Zorra Mili dijo a la Gallinita Trula,
al Gallo Lucas, al Pato Darío, a la Oca Claudia y
al Pavo Don Gustavo: «Este es el camino más corto
para ir al palacio del Rey. Yo iré primera
y vosotros me seguiréis».

«Desde luego, ¿por qué no?»,
dijeron la Gallinita Trula, el Gallo Lucas,
el Pato Darío, la Oca Claudia y el
Pavo Don Gustavo. Así pues, la Zorra Mili
entró en su cueva y, poco después, el
Pavo Don Gustavo entró tras ella.

Pero, una vez dentro de la cueva, la Zorra Mili
se paró esperando al Pavo Don Gustavo.
Cuando el Pavo Don Gustavo bajó por el agujero,
se oyó un «Ñam, Ñam»: El Pavo Don Gustavo
había desaparecido.
La Zorra Mili se lo había comido.

Luego, ¡Ñam!... La Oca Claudia había desaparecido.
¡Ñam! de nuevo...

y el pobre Pato Darío también desapareció.

Cuando el Gallo Lucas entró en la cueva
y vio lo sucedido, avisó a la Gallinita Trula:
«¡No entres aquí!».

La Gallinita Trula dio la vuelta y fue corriendo hacia casa. Así que nunca pudo decir al Rey, que el cielo se iba a derrumbar.

Impreso en APIPE Artes Gráficas
Sabadell - Barcelona (España)